12 Novembre 1883.

V

VENTE

Des Lundi 12 et Mardi 13 Novembre 1883

HOTEL DROUOT, SALLE N° 3

COLLECTION DE M. L...

OBJETS D'ART

ET D'AMEUBLEMENT

DE LA

CHINE ET DU JAPON

EXPOSITION PUBLIQUE

Le Dimanche 11 Novembre 1883

DE 1 HEURE 1/2 A 5 HEURES 1/2.

COMMISSAIRE-PRISEUR

Me Henry COUTURIER

2, rue Chaptal.

EXPERT

M. A. BLOCHE

44, rue Laffitte.

IMPRIMERIE DE L'ART

CATALOGUE

DES

OBJETS D'ART

DE LA

CHINE ET DU JAPON

Nombreux groupes et figurines en ivoire
Laques fines — Matières précieuses — Émaux cloisonnés

ANCIENNES PORCELAINES

Coquille d'œuf. — Famille rose et famille verte

Très grands vases — Vasques — Potiches — Assiettes
Compotiers

BEAUX MEUBLES SCULPTÉS ET INCRUSTÉS

Bronzes anciens — Objets en argent — Sculptures sur bois

Divinités — Brûle-parfums — Groupes — Vases

Riches tentures — Étoffes brodées — Paravents

FORMANT

LA COLLECTION DE M. L...

ET DONT LA VENTE AURA LIEU

HOTEL DROUOT, SALLE N° 3

Les Lundi 12 et Mardi 13 Novembre 1883, à 2 heures

COMMISSAIRE-PRISEUR	EXPERT
Me HENRY COUTURIER	**M. A. BLOCHE**
2, rue Chaptal, 2.	44, rue Laffitte, 44.

EXPOSITION PUBLIQUE : le Dimanche 11 Novembre 1883

DE 1 HEURE 1/2 A 5 HEURES 1/2

CONDITIONS DE LA VENTE

Elle sera faite au comptant.

Les adjudicataires payeront *cinq pour cent* en sus des enchères.

L'exposition mettant le public à même de se rendre compte de l'état des objets, il ne sera admis aucune réclamation une fois l'adjudication prononcée.

Paris. — Imprimerie de l'Art, J. Rouam, 41, rue de la Victoire.

DÉSIGNATION DES OBJETS

MEUBLES

1 — Très beau meuble en bois dur formant étagères et cabinet, richement orné de sujets sculptés en ivoire, de paysages et d'oiseaux en laque fine à rehauts d'or et de burgau. Travail japonais.

2-3 — Deux jolies vitrines à deux corps en bois noir tout plaqué de cuivre poli et entièrement garnies de glaces, style anglais.

4 — Beau meuble du Tonkin, richement burgauté, sur piétement à jour, forme crédence.

5 — Beau meuble à étagères s'ouvrant également, à portes pleines en bois dur, orné d'applications de nacre, d'ivoire et de laque.

6 — Beau meuble à deux corps en bois finement sculpté, orné d'incrustations d'ivoire.

7 — Beau meuble à deux corps s'ouvrant à portes pleines et formant étagères en bois de fer sculpté.

8 — Guéridon à pans en bois sculpté et incrusté, pied formé d'un dragon.

9 — Table carrée. Même travail.

10-11 — Deux petits meubles du Tonkin en bois dur burgauté.

12 — Étagère en bois de fer sculpté.

BRONZES — ARGENTERIE

13 — Très importante garniture en bronze du Japon. Brûle-parfums et deux grands vases, riche décor de sujets en haut-relief, chimères, figures et branchages, patine aventurine.

14 — Beau groupe équestre en bronze ancien du Japon. Philosophe sur un tigre.

15-16 — Deux chimères jouant avec des boules, en bronze ancien du Japon.

17-18 — Deux figurines de singes assis sur des paniers, bronze du Japon.

19 — Grande divinité en bronze ancien du Japon. Époque primitive.

20 — Grand brûle-parfums supporté par trois figures chimériques, avec couvercle entièrement repercé et gravé, couronné par un monstre accroupi. Bronze ancien du Japon.

21 — Tam-tam.

22 — Joli vase à quatre faces en argent, offrant sur la panse des groupes de natures mortes, de fleurs, et sur le couvercle des médaillons à ornements finement ciselés. Travail japonais.

23 — Groupe de fruits, de fleurs et de feuillages en argent gravé et repercé, partie dorée. Travail japonais.

24 — Joli petit brûle-parfums en bronze, partie ar-

gent, très finement ciselé, représentant en bas-relief des oiseaux de paradis, des fleurs et des lambrequins, forme à quatre pans avec anses à têtes de dragons. Travail japonais.

25 — Petit vase en argent gravé avec anses à anneaux mobiles, offrant sur chaque face des sujets à têtes de grotesques finement ciselés.

26 — Petite aiguière mignonnette en argent gravé.

27 — Brûle-parfums de pagode en bronze doré, gravé et repercé, élevé sur un socle à plusieurs étages. Travail ancien du Japon.

28 — Deux jolis petits vases de forme quadrangulaire en bronze et argent, offrant sur une patine fond brun des cigognes, des perdrix, des fleurs et des feuillages finement ciselés et dorés en différents tons. Travail japonais.

29 — Boîte cylindrique en argent, décorée d'oiseaux et de paysages en bas-relief, finement ciselés et dorés par parties. Travail japonais.

30 — Boîte cylindrique en argent finement ciselé,

décorée d'oiseaux et de fleurs, dorée par parties. Travail japonais.

31 — Deux petits brûle-parfums miniatures en argent repercé et gravé. Travail japonais.

32 — Petite pelle à bétel en argent avec poignée en corail.

33 — Petit groupe en bronze et argent : tortues sur un rocher.

34 — Belle boîte rectangulaire en bronze et argent, intérieur doré, offrant dessus et au pourtour des corbeilles de fruits et de fleurs finement ciselés et gravés.

35 — Boîte rectangulaire en bronze et argent, intérieur doré, représentant sur le couvercle un poisson dans l'onde.

36 — Deux petites coupes à sacrifice en bronze, patine verte.

37 — Aiguière en cuivre gravé, ciselé et doré.

38 — Écran en argent repoussé, partie dorée, repré-

sentant des oiseaux et des tortues dans un paysage.

39 — Brûle-parfums en bronze gravé et repercé, surmonté d'un groupe de deux figures.

40 — Statuette équestre : personnage sur un poisson, bronze du Japon.

41 — Vase en bronze uni avec anses, forme dragons.

42 — Trois boutons de mandarin en ivoire, avec plaquettes en bronze ciselé.

43 — Virole de poignard, en bronze ciselé et argenté, forme grenouille.

44 — Six jolies gardes de sabres, en bronze ciselé. Travail japonais.

45 — Trois pipes à opium finement ciselées, décorées de figures de guerriers et de dragons. Travail japonais.

46 — Quatre breloques forme gourdes et boîtes en bronze ciselé. Travail japonais.

47 — Boîte de médecin, en fer incrusté d'argent, décorée d'animaux chimériques.

48 — Beau brûle-parfums, en bronze et argent, niellé et gravé, décor à fleurs, orné d'anses, forme papillons.

49 — Brûle-parfums tripode, en bronze patine acier, avec panse décorée de têtes chimériques, à boule mobile dans la gueule.

50 — Petit panier simulant l'osier et le bambou, en bronze ciselé, avec fleurs en relief argentées et dorées.

51 — Deux cassolettes en bronze : personnages sur des animaux chimériques.

52 — Petite cloche de temple, en bronze, avec support en bois de fer.

ANCIENNES PORCELAINES DE CHINE

PATE COQUILLE D'OEUF

53 — Très jolie assiette, représentant au centre un enfant offrant un fruit à un autre enfant assis

près de sa mère. Encadrement à fruits et feuillages en or, se détachant sur un lambrequin bleu turquoise. Marli à carrelages fond rose et traits noirs. Bordure à grandes fleurs et arabesques en or sur fond blanc, avec bande à carrelages fond vert.

54 — Jolie assiette, représentant au centre une jeune mère et deux enfants. Encadrement à lambrequins, fond d'or agrémenté de fleurs. Marli à trois bandes polychrome. Dessin à carrelages ; entrelacs et arabesques. Bordure à carrelages en rose se détachant sur un lambrequin bleu turquoise et entrecoupé de cartels de fleurs.

55 — Jolie assiette, représentant une jeune bergère et une bouquetière dans un paysage. Bordure à carrelages fond rose avec cartels de fleurs.

56 — Jolie assiette, représentant au centre une jeune femme assise, donnant ses conseils à deux enfants. Marli à quadrillés fond vert. Bordure à carrelages fond rose entrecoupés de médaillons à fleurs.

57 — Beau compotier, représentant la Déesse des ondes guidant la jeunesse, chargée de fleurs

et protégée par un oiseau de paradis. Bordure à carrelages fond rose entrecoupés de médaillons à fleurs.

58 — Assiette, offrant au centre un paysage arrosé par des rivières. Bordure à carrelages fond rose et cartels de fleurs.

PORCELAINES DE DIVERSES FAMILLES

59 — *Famille rose.* Assiette décorée d'oiseaux et de fleurs. Bordure en blanc sur blanc.

60 — *Famille rose.* Assiette octogone décorée de personnages au centre, avec encadrement fond violet à fleurs et lambrequins en rose, bleu et vert.

61 — *Famille rose.* Assiette octogone décorée de cerf et de biche dans un paysage, avec encadrement fond bleu turquoise à lambrequins et fleurs en rose et vert.

62 — *Pâte fine.* Deux jolis compotiers représentant des sujets pastoraux, bordure à arabesques à rehauts d'or.

63 — *Famille rose.* Deux beaux plats octogones représentant au centre des scènes familières, bordure fond rose avec cartels de fleurs en réserve sur fond blanc.

64 — *Famille verte.* Beau compotier, décor fond bleu fouetté, offrant cinq médaillons de différentes formes, à figures d'enfants, chimères, paysages, objets d'ameublement, oiseaux et fleurs.

65 — Deux jolies chimères, décor vert, violet et jaune.

66 — Deux petits vases quadrangulaires, en céladon bleu turquoise.

67 — Théière en blanc de Chine.

68 — Petit compotier décoré de branches de pivoines et d'insectes.

69 — Compotier, décor à scène champêtre.

70 — Deux belles assiettes, décor à rehauts d'or représentant, au centre, des scènes familières; marli quadrillé, bordure avec médaillons en réserve.

71 — Grand compotier avec bordure à jour, décor à fleurs bleu sur blanc.

72 — Chimère couchée, posée sur cercle en bois.

73 — Deux petites aiguières, décor polychrome.

74 — Petit brûle-parfums en ancien blanc de Chine, avec socle et couvercle en bois sculpté.

75 — Trois petits bols, décor partie à jour, bleu sur blanc.

76 — Petit brûle-parfums forme sphérique, de Kanga, décor à rehauts d'or.

77 — Théière décorée de fleurs en relief.

78 — *Céladon.* Aiguière, décor gravé sous couverte, monture en argent.

79 — Cinq petits flacons à tabac, de formes variées, décor figures, insectes et fleurs.

80 — Paire de très grands et beaux vases de Chine, riche décor à pagodes et cortèges, en polychrome et or. Haut., $1^{m},35$.

81 — Deux grandes jardinières carrées en porcelaine du Japon, décor en bleu.

82 — Grande jardinière de Chine, forme cul-de-poule, décor à semis de feuillages et lambrequins en bleu sur blanc.

83 — Paire de grosses potiches avec couvercles en satzuma, décor fond brun à oiseaux et fleurs (qualité rare).

84 — Paire de grandes potiches avec couvercles en porcelaine du Japon, riche décor polychrome à rehauts d'or.

85 — Deux vases à cols cylindriques du Japon, riche décor, panse à médaillons, sujets guerriers.

86 — Paire de vases à cartels, figures de guerriers, encadrements à fond vert.

87 — Paire de vases, décor paysages animés d'oiseaux.

88 — Deux porte-cannes forme tubes, décor à grands personnages.

89 — Deux grands vases cylindriques, décor cartels à figures en polychrome.

90 — Deux cassolettes, décor bleu sur blanc.

91 — Paire de potiches, décor bleu sur blanc, arbres, oiseaux et fleurs.

92 — Grande vasque, décor bleu sur blanc, à rosaces et branchages.

GRÈS

93 — Figurine de mandarin en ancien grès émaillé et rehaussé d'or.

94 — Figurine de guerrier en ancien grès émaillé du Japon.

95-96 — Deux beaux groupes en grès émaillé, personnages sur des éléphants.

98-99 — Deux figurines, personnages assis, en ancien grès émaillé.

ÉMAUX

100 — Deux beaux éléphants en émail cloisonné de Chine, supportant des petits vases.

101 — Deux perdrix en émail cloisonné de Chine.

102 — Deux éléphants en émail cloisonné de Chine, portant des petits vases.

103 — Deux canards en émail cloisonné de Chine.

104 — Deux bonbonnières en émail cloisonné de Chine, fond rouge.

105 — Deux autres fond blanc.

106 — Deux bouteilles en émail cloisonné de Chine, fond bleu turquoise, avec chimères et volatiles.

107 — Petit brûle-parfums en ancien émail cloisonné de Chine, fond bleu turquoise, avec couvercle repercé à jour.

108 — Petit brûle-parfums en ancien émail cloisonné de Chine, fond bleu turquoise à lambrequins, avec pieds et anses forme trompe d'éléphant, couvercle en bronze doré et repercé.

109 — Petit brasero en émail peint de la Chine, décor fond bleu turquoise, à fleurs et arabesques.

110 — Deux éléphants en émail cloisonné de Chine, fond blanc, avec harnachement à fond bleu turquoise, rehaussés de couleur.

BOIS SCULPTÉS

111 — Deux curieux groupes en bois sculpté et peint, représentant des dragons et des animaux fantastiques tenant des fauchards.

112 — Grande et belle divinité en bois sculpté et doré, posée debout sur un cœur de nélumbo. Travail ancien.

113-114 — Deux groupes de deux personnages en bois sculpté et peint. Époque primitive.

115 — Très curieux Boudha assis, en bois sculpté et laqué. Travail ancien.

116 — Belle divinité en bois sculpté et doré, représentée assise sur un trône à plusieurs étages.

117 — Très beau groupe de deux figures en bois sculpté avec riche costume rehaussé de laque d'or. Travail japonais.

118 — Belle figurine de guerrier assis sur un rocher.

119 — Figurine de philosophe accroupi, tenant une branche de bambou à la main.

120 — Figurine de grotesque accroupi et riant.

121 — Statuette de grotesque amplement drapé, posé sur un socle.

122 — Groupe de coqs, de poules et de poussins.

123 — Deux brûle-parfums, forme vases, décorés de cigognes prenant leur vol et ornés de figurines sculptées en ronde bosse, en riche costume.

124 — Beau brûle-parfums, forme sphérique, décoré de dragons en bas-relief et autour duquel trois enfants sculptés en ronde bosse prennent leurs ébats.

125 — Groupe de philosophe assis sur un cerf, en costume finement sculpté.

126 — Statuette représentant une divinité drapée.

127 — Belle figurine représentant un guerrier.

128 — Petite pagode portative en laque fine du Japon, fond aventurine, avec garniture en argent gravé, offrant à l'intérieur de chaque ventail des inscriptions et au centre un groupe allégorique d'adoration, en bois sculpté. Travail ancien.

129 — Groupe de deux figures, l'une tenant un éventail et l'autre un sablier.

130 — Statuette allégorique de la sécheresse, sur socle, en bois sculpté.

131 — Cinq petites figurines : sujets divers.

132 — Deux figurines : Marchande de fruits et suivante.

133 — Statuette équestre : personnage sur une chimère.

134 — Statuette : Japonaise drapée.

135 — Gourde de voyage, avec étui en bois sculpté.

136 — Figurine : Mandarin assis.

137 — Six figurines : Guerriers, divinités et boudha.

138 — Groupe de deux chimères combattant.

139 — Deux tortues en bois sculpté.

140 — Petit cornet, décoré de guerriers en bas-relief.

141 — Petite coupe, forme fruit.

142 — Deux figurines : grotesque couché et grotesque sur deux sacs.

143 — Quarante petits sujets variés en bois sculpté du Japon. (Sera divisé.)

144 — Deux trousses de médecin, en bois finement sculpté, à personnages dans des paysages.

145 — Étui orné d'une figure et d'une branche de pivoine en bronze ciselé appliquée.

MATIÈRES PRÉCIEUSES

146 — Cristal de roche. Coupe à deux lobes avec anse, forme branchage, prise dans la masse. Socle en bois sculpté.

147 — Cristal de roche. Cerf couché. Élevé sur socle en bois sculpté, représentant des cerfs dans une forêt.

148 — Cristal de roche. Vase de forme allongée avec anses, style grec, prises dans la masse.

149 — Cristal de roche. Petit flacon, forme gourde, décoré de feuillages.

150 — Cristal de roche. Petite jardinière, forme fleur.

151 — Jade blanc. Figurine : un gros enfant.

152 — Jade blanc. Petite figurine : enfant assis.

153 — Jade rose. Petit flacon, forme vase, à panse aplatie.

154 — Pierre de lare. Figurine de femme drapée, sur socle, forme rocher.

155 — Agate orientale. Oiseau fantastique avec plumage et tête finement gravée.

156 — Corail. Branche montée en argent.

157 — Jade blanc. Petite jardinière, surbaissée, décorée de quadrillés, avec anses à jour, prises dans la masse.

158 — Jade blanc. Petit écran, représentant un groupe de dragons sculptés à jour. Monture en bois de fer.

IVOIRES

159 — Beau groupe, représentant une dame de qualité portant un panier de fruits et accompagnée d'une servante; travail japonais, sur socle formé d'une petite table en bois sculpté.

160 — Joli groupe, représentant une troupe de nomades, faisant des tours avec un éléphant. Travail chinois.

161 — Très beau groupe, composé de seize figures, représentant des scènes allégoriques aux coutumes japonaises. Travail d'une grande finesse d'exécution, sur socle en bois sculpté.

162 — Joli groupe de quatre figures, représentant une femme offrant un sabre à un grand chef. Travail japonais.

163 — Groupe curieux de quatre figures, représentant des petits badigeonneurs lavant une statue fabuleuse à trois pieds. Travail japonais.

164 — Groupe de deux figures, femme et enfant,

tenant un panier de poissons. Travail japonais.

165 — Groupe de trois figures, représentant une mandarine, suivie de deux enfants, portant des fruits et un éventail.

166 — Figurine représentant un guerrier, tenant un fauchard. Travail japonais.

167 — Grande et belle statuette, représentant un chef guerrier en riche costume. Sur socle en bois sculpté.

168 — Très joli groupe de six figures, représentant une scène de grotesques, travail chinois d'une grande finesse d'exécution. Socle en bois.

169 — Groupe de deux figures : Marchande de poissons et son enfant. Travail très fin du Japon.

170 — Groupe de trois figures, représentant un chef terrible, armé d'un sabre et menaçant deux petits monstres qu'il tient par la main et sous son pied. Travail japonais.

171 — Joli groupe de deux figures, représentant une jeune femme accroupie, tenant des fruits, et un paysan debout. Travail japonais.

172 — Groupe de deux figures : Philosophe et enfant. Travail japonais.

173 — Petite jonque en ivoire chargée de cinq personnages. Travail chinois.

174 — Étui en ivoire finement sculpté, représentant un paysage et orné de caractères. Porte la signature du sculpteur.

175 — Étui en ivoire sculpté, décoré de bambou et de fleurs en bas-relief.

176 — Groupe curieux de cinq figures représentant des acrobates. Travail japonais.

177 — Groupe de trois figures : Allégorie d'un triomphe. Travail japonais.

178 — Petit groupe de cinq figures, représentant une scène familière.

179 — Groupe équestre de deux figures : Guerrier

sur un dragon offrant à un autre guerrier, monté sur un cheval, son étrier.

180 — Groupe de deux guerriers adossés. Travail japonais.

181 — Figurine représentant un malheureux couché portant un sac avec une tête de squelette.

182 — Figurine : Enfant assis tenant un coq dans ses bras.

183 — Petit groupe représentant deux enfants tenant un grotesque emprisonné dans un sac.

184 — Petite figure : Joueur de tambourin.

185 — Petite figure : Divinité assise.

186 — Petit groupe : Enfant et Philosophe.

187 — Petite figurine : Enfant roulant un baril.

188 — Petit groupe : Boudha enfant et Cerf.

189 — Petit groupe : Mandarin et Enfant sur une petite table.

190 — Groupe de deux figures : Homme et Enfant chargés de champignons.

191 — Figurine de grotesque assis tenant une gourde dans ses longs bras.

192 — Figurine représentant un bûcheron chargé de fagots.

193 — Groupe de trois figures représentant un cavalier se réconfortant.

194 — Deux figurines : Musicienne et Guerrier. Posées sur socles laqués.

195 — Deux figurines : Danseur et Danseuse. Posées sur une petite table en bois.

196 — Groupe de quatre figures représentant une scène de furie. Porte dessous la signature du sculpteur.

197 — Groupe de deux personnages : Guerrier surprenant un voleur de thé.

198 — Groupe de trois figures : Enfant perché sur

les épaules d'un grotesque. Dans le pied la signature de l'artiste.

199 — Figurine : Le Mendiant.

200 — Groupe de deux guerriers, l'un assis, l'autre debout, tenant un fauchard.

201 — Groupe de trois personnages : Allégorie de la Tempérance.

202 — Groupe de quatre figurines représentant des Enfants jouant autour d'un vase à fleurs, monté sur socle en bois sculpté.

203 — Groupe de deux figurines : Femme et Guerrier sur un rocher en bois sculpté, environnés des flots de la mer et menacés par un dragon.

204 — Étui en ivoire décoré de personnages en bas-relief.

205 — Étui en os sculpté, orné de figures et de branchages en bas-relief.

206 — Étui finement sculpté représentant des entre-

lacs dans lesquels courent des chimères. Porte la signature de l'artiste.

207 — Poignard avec sa gaine en ivoire sculpté. Paysages et figures.

208 — Petit groupe de cinq figures représentant une Famille en campagne.

209 — Petit groupe équestre : Jeune Femme sur un cheval, conduite par un enfant légèrement vêtu.

210 — Petit groupe de deux chimères : Figurine grotesque tenant une petite pagode.

211 — Petit groupe de deux personnages et d'un singe.

212 — Petit groupe de trois figures et de deux petits chiens.

213 — Petit groupe de femme et d'un enfant assis sur des fagots.

214 — Très petit groupe de cinq figures de chanteurs et musiciens.

215 — Petit groupe de trois figures de gourmands.

216 — Groupe représentant un serpent et des grenouilles sur une tête de mort.

217 — Très petit écran avec sujet en bas-relief.

218 — Groupe de petits cerfs sous un bosquet.

219 — Groupe de singe et de squelette.

220 — Quarante et un petits groupes, sujets variés. (Sera divisé.)

221 — Groupe de quatre figures représentant une mendiante et ses trois enfants. Travail japonais.

222 — Groupe de trois figures représentant un mandarin et une Japonaise guettés par un personnage couché.

223 — Groupe de trois figures : Guerriers accompagnant un Cavalier.

224 — Deux groupes de deux figures : Cavalier terrassant un Guerrier.

225 — Groupe de trois figures de combattants.

226 — Groupe de cinq figures : Bûcherons surpris par des oiseaux monstrueux et un singe.

227 — Groupe de deux figures : Femme offrant le bétel à un personnage assis.

228 — Groupe de trois figures : Guerriers terrassés par un soldat en furie.

229 — Groupe de deux figures : Philosophe aux genoux d'une femme.

230 — Groupe de trois figures : Singe et Grenouilles.

231 — Groupe de deux figures : Mendiant et Musicien.

232 — Groupe de deux figures : Colporteur et petit Mendiant.

233 — Groupe de trois figures : Squelette, Musicienne et Singe.

234 — Deux groupes de trois figures : Colporteurs et deux enfants.

235 — Deux groupes de deux figures : Enfants agenouillés et Guerriers.

236 — Groupe de deux figures : Femme versant du thé à un homme accroupi.

237 — Petit groupe de deux figures : Philosophes prenant du thé.

238 — Groupe de trois figures : Voyageur et Marchands de fruits.

239 — Groupe de trois figures : Déesse suivie de deux esclaves.

240 — Groupe de deux figures : Cavalier accompagné d'un personnage sur un dragon.

241 — Six boutons de mandarins, de forme rare, sculptés en bas-relief.

242 — Groupe représentant un personnage sur un moulin.

243 — Groupe de quatre figures : les Travaux champêtres.

244 — Groupe de deux figures : Le Marchand de poisson.

245 — Groupe de deux figures : La Maternité.

246 — Petite figurine : Femme assise sur un fagot.

247 — Groupe de deux figures : Personnage sur un buffle et diseuse de bonne aventure.

248 — Dix beaux étuis en ivoire et en os sculpté, offrant en bas-relief des sujets variés, personnages, chimères, oiseaux, dragons et fleurs.

249 — Ivoire teinté représentant une feuille de nélumbo.

LAQUES

250 — Très jolie boîte à trois compartiments, forme meuble, s'emboîtant dans une petite table en laque fine du Japon, fond d'or, décorée d'é-

ventails et de médaillons, à paysages à rehauts d'or sur fond noir. Porte dessus la signature du décorateur.

251 — Très jolie boîte forme chaumière, en laque fine du Japon, fond aventurine et or, décorée de paysages en relief, partie en burgau; le dessus d'un compartiment intérieur représente des objets d'ameublement laqués rouge, bronzé et argentiféré.

252 — Jolie boîte, couvercle forme jonque chargée de divers objets se détachant en bas-relief et représentant au pourtour les flots de la mer, laque fine du Japon, fond d'or avec dessins en or de diverses couleurs.

253 — Jolie boîte forme éventail, en laque fine du Japon, fond d'or, représentant sur le couvercle un paysage et au pourtour, des entrelacs.

254 — Boîte forme jonque, en laqué, fond aventurine avec dessins à rehauts d'or représentant, au pourtour, des cigognes prenant leur vol sur les flots de la mer.

255 — Très joli écran en bois laqué burgauté, décoré d'oiseaux et de fleurs, formant porte-

sabre, avec trois petits sabres dont les fourreaux et les poignées sont en fer et argent ornés de fleurs finement ciselés, et un modèle de petit fusil auquel est suspendue une gourde.

256 — Très joli petit cabinet en bois sculpté des îles, finement laqué et burgauté à l'intérieur et à l'extérieur, décoré de grenades, d'oiseaux et de fleurs.

257 — Jolie boîte à trois compartiments, en laque fine, fond aventurine, décor paysage. Travail japonais.

258 — Boîte représentant deux éventails accouplés, en laque fine du Japon, fond or et fond aventurine, décor paysages.

259 — Boîte ayant la forme d'un livre ouvert, fond noir à rehauts d'or, décor paysages.

260 — Petite boîte forme meuble, en laque fine, fond noir, rehaussée d'or, monture simulant le bambou.

261 — Petite boîte forme œuf, fond d'or, décorée d'animaux et de fleurs.

262 — Petite étagère mignonnette en laque fine, fond aventurine, dessin à fleurs et rosaces à rehauts d'or.

263 — Grande bonbonnière en laque ton acier, ornée de corbeilles, de fruits et de fleurs en relief, partie incrustée de burgau.

264 — Joli cabinet en bois des îles, décoré de fleurs et de feuillages en application de burgau.

265 — Cabinet en bois laqué, richement décoré de paysages et de fleurs en application de burgau.

266 — Bonbonnière, forme fruits, en laque fine du Japon, fond d'or.

267 — Boîte à trois compartiments, en laque fine du Japon, fond d'or, décor à paysage.

268 — Petit écran en bois, avec figure fantastique, sculpté et burgauté, monture en laque de Pékin.

269 — Trois étuis en corne laquée, décorés de fleurs en relief.

270 — Trousse de médecin, en laque fine du Japon, fond aventurine, avec figures et cavaliers en bronze ciselé, partie dorée appliquée.

271 — Bonbonnière en écaille, finement sculptée. Travail chinois.

272 — Bonbonnière en bois laqué et burgauté.

273 — Quatre petits sabres miniatures avec fourreaux en laque.

PARAVENTS — TENTURES — ÉTOFFES

274 — Beau paravent à six feuilles, en soie écrue, offrant en peinture des divinités; monture laquée. Travail ancien.

275 — Paravent à quatre feuilles, en soie noire, brodée d'oiseaux et de plantes.

276 — Très beau panneau de tenture, en satin rouge

richement brodé à figures et dragons, en soie de diverses couleurs et d'or.

277 — Très beau panneau de tenture, en satin violet, richement brodé de dragons, de sujets, de pagodes, de fleurs et d'oiseaux, en or et soie.

278 — Très beau panneau de tenture, en satin havane, richement brodé de figures, de fleurs et autres sujets, en soie et or.

279 — Quatre portières, en poil de chameau, offrant des sujets symboliques tissés et peints.

280 — Robe de dame, en crêpe de Chine gris perle brodé.

281 — Robe de dame, en crêpe de Chine, fond vert, brodé d'or et de soie.

282 — Dessus de siège, en satin gros bleu, brodé de cigognes et ibis.

283 — Dessus de siège, en satin gros bleu, brodé de personnages.

284 — Dessus de siège, en satin havane, brodé de fleurs et d'oiseaux.

285 — Coussin, en satin gros bleu, brodé, à figure de femme et objets d'ameublement.

286 — Quatre panneaux de décoration, en cordonnet, brodé à figures.

287 — Objets non catalogués.

www.ingramcontent.com/pod-product-compliance
Ingram Content Group UK Ltd.
Pitfield, Milton Keynes, MK11 3LW, UK
UKHW032010260826
14628UKWH00005B/2389

9 782329 454207